Zéphire et flore,
ballet anacréontique

ZÉPHIRE ET FLORE,

BALLET-ANACRÉONTIQUE

EN DEUX ACTES,

De la composition de M. DIDELOT,

CI-DEVANT PREMIER DANSEUR DE L'ACADÉMIE ROYALE DE MUSIQUE,
ET MAÎTRE DE BALLET DE S. M. L'EMPEREUR DE RUSSIE;

MUSIQUE DE M. VENNA,

DEUX AIRS AJOUTÉS DE M. HUS DESFORGES,
ET UN DE M. LEFÈVRE;

DÉCORATIONS DE M. CISERY, MACHINES PAR M. BOUTRON,
LES HABITS PAR M. MARCHES.

Représenté sur le théâtre de l'Académie de Musique,
le mardi 12 du mois de décembre 1815.

A PARIS,

Chez ROULLET, Libraire de l'Académie Royale
de Musique, rue des Poitevins, nº 7.

MDCCCXV.

PRÉFACE.

—

Après une longue absence, passée dans les premiers théâtres de l'Europe, j'ai vivement desiré à mon retour en France monter un Ballet à l'Opéra, non dans l'intention de déplacer personne, comme très faussement cela a été dit, mais comme un hommage que je devois au Public qui daigna encourager mes premiers essais. Puisse le tribut de ma gratitude mériter son indulgente bienveillance.

Je me vois forcé, malgré moi, de parler de l'époque à laquelle fut composé mon Ballet, ayant appris qu'il avoit été donné presque en son entier dans plusieurs endroits, sous un autre nom que le mien. L'esquisse en fut imprimée l'an 1795 à Lyon; l'ouvrage fut donné en 1796 à Londres, avec des additions; représenté devant leurs Majestés Impériales à la cour de Russie en 1804, et considérablement augmenté à cette époque. Je le remis à Londres en 1812 (où étoit alors la personne qui s'en servit depuis). J'aurois avec plaisir évité de faire ces observations; mais, au moment d'un début, je ne puis faire autrement.

J'ai choisi le genre grec, à cause du style à-la-fois noble, élégant, et le plus heureux pour les belles poses de la danse. C'étoit m'imposer une tâche pénible, surtout après les ouvrages réitérés dont les

succès ont depuis des années couronné
les talents de M. Gardel. Cet artiste supé-
rieur a amplement moissonné après nos
maîtres les Noverre et les Dauberval; je
ne pourrai donc que glaner après lui;
mais le Public est trop juste pour com-
parer un ouvrage de peu d'importance
avec un grand ballet. Il verra ses premiers
artistes, peut-être voudra-t-il bien alors
passer sur la répétition du genre en faveur de la perfection où ils savent le
porter.

PERSONNAGES.

FLORE,	Mlle Gosselin aînée.
ZÉPHIRE,	M. Albert.
ÉRIGONE, Bacchante,	Mlle Delisle.
VÉNUS,	Mme Gosselin Anathole.
L'AMOUR,	Mlle Hulin 2°.
BACCHUS,	M. Anathole.
CLÉISE,	Mlle Mareiller.
MÉLITE, Bacchante,	Mlle Fanny Bias.
AMYNTHE,	Mme Gosselin Anathole.
ASPASIE,	Mlle Marinette.
PAN,	M. Beaupré.
Un petit SATYRE,	Mlle Hulin 3°.

IPHIS, CHARICLÉE, } Bacchantes, { Mlles Marinette, Mareiller cadette.

AGLAÉE, l'Innocence, Mlle Julie Berry.

Les trois GRACES, { Mlles Angéline, Lemière, Nanine.

BERGÈRES.

AIDONNÉE, ÉRYPHYLE, OENONE, IONÉE, DAPH-NÉE, LEUCOTHOÉ, { Mlles Angéline, Lemière, Nanine, Gosselin 3°, Brocard, Aubry.

SYLÈNE,	M. Godfroy.
L'HYMEN,	Mlle Julie Berry.
Un Petit AMOUR,	Mlle Péan.
Une petite NYMPHE,	Mlle Perceval.

TROUPES DE PLAISIRS, FAUNES, BACCHANTES, AMOURS, ZÉPHIRES, TRITONS, NÉRÉIDES, etc.

PERSONNAGES DANSANTS.

SECOND ACTE.

Bergères coryphées.

Mmes Nanine, Angéline, Lemière, Gosselin 3e, Aubry, Brocard.

Suite des Bergères.

Mmes Seuriot 1re, Vigneron, Brocard 2e, Legalois, Betzi, Pérès, Volet, Buron, Seuriot 2e, Joubert, Scolastique, Aurélie.

Nymphes.

Mmes Rousselot, Florentine, Julia, Virginie, Templemt, Blondin, Lemonier, Clotilde 1re, Brocard cadette, Barrée, Paillet, Kaniel.

DERNIER DIVERTISSEMENT.

Faunes et Bacchantes.

MM. Lhuillier, Suriot cadet, Petit, Verneuil, Mmes Jacotot, Podevin, Coulon, Boucher;

MM. Chatillon, Galais, Romain, Rivierre,

Mmes Baudesson, Vaderkor, Darmancourt, Leguine;

MM. Allerme, Louis, Basse, Amil,

Mmes Adélaïde, Lily, Proche, Pansard.

Plaisirs, hommes et femmes.

MM. Auguste, Maze, Eve, Gogot,

Mmes Seuriot 1re, Vigneron, Brocard 2e, Legalois;

MM. Michel, Pupet, Beauteint, Peuque,

Mmes Betzi, Buron, Pérès, Volet;

MM. Lenfant, Courtois, Fauchet aîné, Groneau,

Mmes Seuriot 2e, Joubert, Scolastique, Aurélie.

Satyres.

MM. Vermantois, Leclerc, Ambroise, Ferdinand,

Leroux, Olivier.

Amours dansants.

MM. Bourgeois, Crombé 1er, Daumont. Crombé 2e;

Mlles Bertrand, Mangin, Pauline, Mélanie, Atalante,

Berry cadette, Volet 2e, Joli.

Amours des nuages.

Alexandrine, Adrien, Pean, Polidor, Olivier,

Ouvier.

Amours des eaux.

Goyon, Priam, Octavie, Marivain, Charles Zoé.

Nymphes des eaux.

Mlles Idalise, Basompierre, Salkin, Roland.

Prêtresses.

Mlles Simon, Desbain, Desireganné, Virginie.

ACTE PREMIER.

Le Théâtre représente un bois touffu et pittoresque.

———

Zéphire descend des cieux avec l'Amour, qu'il tient dans ses bras; ils viennent pour chercher Flore, et se séparent pour la trouver. Zéphire la rencontre: il lui jure amour et fidélité. Flore, qui le connoît, malgré qu'elle l'aime et le lui avoue, se refuse à ses vives instances; elle va s'éloigner!... Zéphire cueille la plus belle des roses; Flore en desire la possession. Il joue, badine avec la fleur, et finit par la donner à Flore, qui, craignant en retour d'accorder la moindre faveur, s'éloigne cette fois en lui défendant de la suivre. L'Amour aborde Zephire qui, tout chagrin, s'empresse de lui conter ses peines. Il le prie de rendre Flore sensible à sa tendresse, et de l'unir à lui. L'Amour, qui connoît l'infidèle, rit de son dessein, lui promet ce qu'il desire, mais au même instant lui fait apercevoir de jolies Nymphes endormies ; l'inconstant Zéphire est aussitôt distrait de son projet. — Il trouve Cléise charmante, et ne peut s'empêcher de lui exprimer tout ce qu'elle lui inspire. — Déja rafraîchie par le souffle de Zéphire, Cléise a tourné ses longues paupières vers le beau dieu d'occident. Il papillonne autour d'elle, l'admire, agite du vent de ses ailes transparentes les cheveux bruns et bouclés de la Nymphe. L'Amour, qui se fait un jeu de le rendre infidèle et de s'amuser de la coquette Cléise, lui conseille de l'abandonner en lui montrant une autre jeune Nymphe qui s'approche. Ce projet plaît à l'inconstant Zéphire. Il se dérobe aux regards de Cléise, qui le cherche en vain ; la Nymphe s'enfuit confuse de l'abandon qu'elle vient d'éprouver. Elle est

bientôt remplacée par Aglaé. Elle s'approche
à dessein de présenter son premier hommage à
l'Amour. Zéphire la trouve charmante. L'A-
mour alors blottit son ami parmi des touffes de
roses et de lilas, et, montant sur un petit ter-
tre, il s'y place, et y reste immobile comme si
c'étoit sa propre statue. Aglaé chemine, et s'a-
vance doucement portant deux tourterelles sur
son sein. Elle vient les déposer aux pieds du
dieu. Zéphire jouit déja du plaisir malin de
voir l'Innocence aux prises avec l'Amour. Elle
considère avec attention l'image du dieu qui
fait aimer : tout en est joli. Les ailes sur-tout la
charment ; quand l'Amour avec son petit doigt
lui montre les tourterelles qu'elle vient de déposer à ses pieds, elle est surprise de voir une
statue se mouvoir, et croit s'être trompée. Ses
regards se portent cependant sur les tourterelles : elle en reçoit *la première leçon d'a-
mour.* — Elles se béquètent !.... leurs ailes
s'agitent... Le cœur d'Aglaé bat. Le fidèle ami

de Zéphire vient de lui céder avec sa place le droit charmant de cueillir aussi *le premier baiser de l'amour*. Aglaé a déja senti sur son pudique front les lèvres de l'aimable fils de l'Aurore. Elle recule, surprise, émue, effrayée... Elle ne peut concevoir cette métamorphose. Ce n'étoit que la statue d'un enfant, et c'est maintenant un beau jeune homme. Zéphire s'approche; elle veut fuir; il la retient dans ses bras. Aglaé n'a plus la force de lui résister. — Mais Zéphire, délicat autant qu'il est aimable, ainsi qu'il sait caresser la rose avant de l'entr'ouvrir, sait aussi badiner avec l'Innocence sans l'effaroucher ni la faire rougir.

Pendant ce temps l'Amour a éveillé les autres Nymphes. Elles n'ont rien de plus pressé que de venir troubler l'entretien de Zéphire et d'Aglaé. La pauvre enfant, toute confuse, cache en vain sa honte et son visage dans ses petites mains; à travers ses doigts on voit encore sa rougeur.

L'infidèle amant de Flore peut-il se fixer, si ce n'est au moins pour la reine des fleurs? Cléise est ramenée par l'Amour: quelques reproches lui échappent. Un autre que Zéphire resteroit interdit; mais, le voilà déja lancé parmi toutes les Nymphes, Aspasie le charme par les sons harmonieux de sa lyre; Erigone, la vive Erigone, brillante de joie et de gaieté, faisant résonner de bruyantes cymbales en l'honneur d'Evohé, ô Bac. L'enfant de Sémélé attire bientôt l'amant de Flore sur ses traces: les Nymphes ont peine à connoître si c'est Zéphire ou un Faune qui la poursuit, tant elle a su lui inspirer le délire de sa divinité; la grappe vermeille vient d'être détachée de son cep, et le jus en petille dans la coupe de la Bacchante. A peine l'a-t-elle savouré qu'elle dit adieu à Zéphire, qui veut en vain obtenir d'elle la plus légère faveur. Ce n'est que par la plaisanterie qu'elle répond à ses avances, qu'elle s'en débarrasse, et qu'elle le laisse aux prises avec Amynthe, la tendre Amynthe. C'est elle qui l'a remplacée. Zéphire est bientôt charmé de sa douce langueur. Il suit ses mouvements; sa noble simplicité le séduit, et le dieu croit vraiment sentir de l'amour pour cette nouvelle beauté. Il prend sa main, la pose sur son cœur, et jure que c'est elle qu'il préfère; mais la Nymphe peu crédule sourit, le quitte et rejoint ses amies.

Au même instant l'Amour vient avertir Zéphire que de loin on voit Flore revenir... Ah! quel embarras!.. les Nymphes ne veulent plus le laisser partir; mais, en jouant avec elles, Zéphire les groupe autour de lui, et se fraye une route dans les airs au moment où elles s'y attendent le moins. Bientôt fuyant à tire d'ailes, il leur dit un ironique adieu. Les Nymphes dépitées sortent, en le suivant des yeux, et jurant de se venger.

FIN DU PREMIER ACTE.

~~~~~~~~~~~~~~~~~~~~~~~~~~~~~~~~~~~~~~

ACTE SECOND.

—

FLORE arrive. Par sa légèreté elle semble avoir
déja dérobé les ailes de son amant, qu'elle
cherche, et vers lequel un sentiment tendre la
ramène. Ne le trouvant pas, ses regards se
portent vers le rosier chéri dont elle a soin.
Elle prend son vase, et court à la fontaine
voisine puiser l'eau bienfaisante qui va rafraî-
chir ses fleurs, lorsque des Bergères arrivent
par différents chemins. Il leur est aisé de voir
que le rosier de Flore n'est pas l'objet qui l'occupe le plus, mais bien Zéphire qu'elle attend.
Flore en convient. Cléophile l'engage à se
mêler à leurs jeux, lui présente une guirlande.

2

Qui mieux qu'elle saura s'en servir?... En attendant l'arrivée de Zéphire les Nymphes imi-
tent Flore, et toutes en dansant se jouent
parmi les fleurs.

Un léger bruit semble indiquer que Zéphire
approche; alors les Nymphes malicieuses, en
plaisantant Flore, la quittent pour la laisser
seule avec son amant.

Au lieu de Zéphire, ce sont ses accusatrices,
qui, n'ayant pas renoncé à leur projet de ven-
geance, viennent trouver Flore. Elles sont
encore toutes fâchées. C'est à qui portera ses
plaintes la première. Enfin chacune à son tour
raconte son histoire, l'arrange à sa manière,
et pour le moins Zéphire doit être banni sans
retour. Flore est indignée. Quelques larmes
échappent de ses yeux. Les Nymphes la con-
solent, et la décident à se venger, lorsque
l'Amour, aux aguets, voyant les choses au
point où il les desire, se glisse parmi les Nymphes, qui l'accusent d'avoir tout fait. L'Amour

proteste de son innocence, et parvient à les apaiser en leur promettant de les venger. — Il leur montre Zéphire qui revient; il se dépêche de donner un voile à Cléise, lui indique à l'oreille l'usage qu'elle en doit faire; cache Flore, et lui donne aussi le mot; puis il s'éloigne en emmenant les autres Nymphes avec lui.

Zéphire ne tarde pas à paroître. Il revient voltigeant sur la cime des arbres, et descend à terre. — Il cherche Flore. L'Amour lui fait croire qu'elle s'est éloignée. — Zéphire va la suivre; mais l'Amour, qui vient d'aposter Cléise là tout exprès pour le tromper, lui fait apercevoir comme elle est triste et chagrine de son abandon. Déja Zéphire s'approche pour la consoler. — La Nymphe rusée, instruite par l'Amour, feint de croire à tout ce que lui dit Zéphire, se laisse presque tomber dans ses bras. Aussitôt elle se couvre de son voile, semblant craindre d'être vue; elle envoie Zé-

phire visiter les environs. L'étourdi donne
dans le piége; et, tandis qu'enchanté il s'é-
loigne pour revenir aussitôt, Flore passe
sous le voile de Cléise, prend sa place, et l'inconstant Zéphire, en la serrant dans ses bras,
croit y tenir Cléise. Il veut déja soulever le
tissu léger qui la cache à ses regards. Mais la
fausse Cléise retarde cet instant, et le ques-
tionne sur Flore. Il convient que Flore est
assez jolie, mais qu'il ne s'en occupe plus.
D'ailleurs quelle différence d'elle à Cléise!
c'est Cléise seule dont il est fou, et.... Flore
alors ôtant son voile se fait reconnoître. Zéphire est pris. Flore l'accable de reproches; ce
n'est pas l'instant d'obtenir sa grace : il veut
s'échapper; mais les Nymphes, qui étoient aux
écoutes, qui veulent se venger et jouir de l'embarras de Zéphire, l'arrêtent, l'une par le bras,
l'autre en l'enlaçant d'une guirlande. Enfin le
voilà captif au milieu d'elles. Zéphire ne voit
plus que Flore, ne desire plus que de la cal-

mer. Près de perdre ce qu'on aime on en sent tout le prix. L'Amour va tenir sa promesse; et, tandis que l'infidèle est aux pieds de sa maîtresse, attendant son pardon, l'Amour lui ôte ses ailes, et l'empêche de s'en ressaisir.... Déja elles ont changé de maître. La douleur, le dépit de Zéphire sont inutiles. Flore à son tour va parcourir les airs. Elle dit adieu à son amant, part, et les Nymphes quittent Zéphire en l'abandonnant à ses regrets.

L'Amour sourit malignement à son ami, qui l'accable de reproches. L'enfant rusé est bientôt parvenu à le consoler, et à ranimer l'espérance dans son cœur en lui montrant Flore qui revient avec empressement. — Si Zéphire avoit encore ses ailes il voleroit sur ses traces; elle ne lui échapperoit plus. L'Amour en lui présentant ses jolies épaules lui offre les siennes. Il va les prêter à Zéphire. Alors, tout en detachant les ailes de l'Amour, Zéphire se cache avec lui parmi les taillis voisins.

Cependant Flore est descendue des cieux... Étonnée de ne plus trouver Zéphire, qu'elle croyoit livré à la plus vive douleur; elle le cherche, l'appelle, aperçoit la fontaine, y admire ses ailes, lorsque l'eau limpide de la source bouillonnant s'élève, forme un jet d'eau, sur lequel Zéphire suspendu s'offre à ses regards. Il sollicite un généreux pardon. L'Amour fait voir à Flore qu'il lui a prêté ses ailes. Flore tente alors une fuite plutôt faite pour attirer son amant sur ses traces que pour l'éviter. En effet Zéphire la saisit, l'enlève dans l'air, et la dépose devant l'autel qu'aux ordres de l'Amour le dieu d'Hymen vient d'é-lever. Flore n'est déja plus dans son bocage; elle est au milieu des plaisirs, des amours. Les jeunes filles d'Hymen chantent sur leurs harpes les épithalames d'*hymen — O hyménée!* — Vénus et son cortége viennent d'arriver à Cythère, où l'Amour a transporté les nouveaux époux; et Bacchus, qui y avoit rendezvous avec Cypris, l'y attend dans sa grotte, environné de sa brillante suite.

Par sa présence Vénus embellit les noces de Flore. La jeune épouse rend à son époux ses ailes. Il jure de ne s'en servir désormais que pour voler sur ses traces. Vénus sert de mère à Flore dans la cérémonie de son hymen. Les amants enfin sont époux. Une brillante fête célèbre leur noce, à la fin de laquelle Zéphire enlève Flore aux cieux, où il va la présenter à Jupiter pour lui obtenir l'immortalité, tandis que Vénus, suivie de son cortége, va visiter Téthys chez le vieux Océan, et que Bacchus se retire dans sa grotte pour y attendre avec la fin du jour le retour de la belle Cythérée.

DE L'IMPRIMERIE DE P. DIDOT L'AINÉ,
IMPRIMEUR DU ROI.